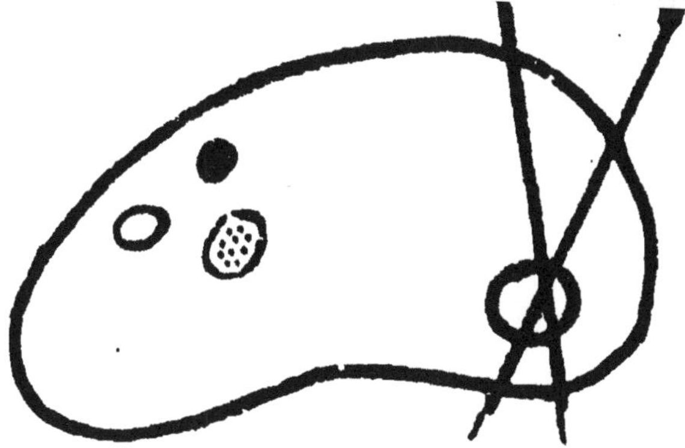

Couvertures supérieure et inférieure
en couleur

CH. DELAGRAVE

UN

P'TIT HOMME

SOCIÉTÉ ANONYME D'IMPRIMERIE DE VILLEFRANCHE-DE-ROUERGUE
Jules BARDOUX, Directeur.

UN P'TIT HOMME

PAR

LE BIBLIOPHILE JACOB

ILLUSTRATIONS DE A. FERDINANDUS

PARIS
LIBRAIRIE CH. DELAGRAVE
15, RUE SOUFFLOT, 15

1889

UN

P'TIT HOMME

I

Jacquot était venu à Paris, quittant ses pauvres parents surchargés de famille, et il avait promis à sa mère, dans un dernier baiser, de devenir riche, bien riche, avec des beaux écus tout neufs, afin d'acheter la maisonnette dont on avait bien de la peine à payer le loyer : soixante francs par an!

Il avait promis à son père de lui rapporter un beau vêtement bien chaud, un habit bleu, une culotte jaune et un gilet à fleurs!

Il avait promis à sa grande sœur une jolie

croix d'or; à son frère aîné, une grosse montre d'argent; à Pierrot, des souliers tout reluisants, comme on en voit aux messieurs de Genève; à Claudine, un tablier de soie; à Jeannette, une belle poupée avec des dentelles dorées, et au petit frérot qui ne marchait pas encore, une robe en flanelle ornée de raies rouges.

Voilà bien des promesses! et Jacquot n'est pas Gascon, puisqu'il est né à Martigny, en Suisse : son père travaille, sa mère travaille, les frères et sœurs imitent les vieux: Jacquot veut travailler aussi!

Mais il rêve de devenir riche comme maître Antoine, le sabotier de la vallée, qui a marié ses filles avec de grosses dots : au moins trois cents francs à chacune, oui-da! Eh bien! ce sera lui qui dotera ses sœurs : la belle Rose, la gentille Claudine, la mignonne Jeannette, et les autres encore, si le bon Dieu lui en envoie d'autres.

La bonne Gertrude a bien pleuré en se

séparant de « son p'tit homme » si gai, si tendre, si malin et si jeune, hélas !

Neuf ans ! il n'a que neuf ans ; et le laisser

Jacquot rêve de devenir riche.

partir tout seul pour Paris, le gouffre terrible où les enfants se perdent !

Mais Jacquot a son idée : il veut aller là où l'argent roule, là où l'or reluit ! Il veut faire une moisson de jaunets, et revenir ensuite se fixer dans la douce vallée, au sein de sa famille, dont il aura fait le bonheur.

« Ah! notre homme, s'écriait Gertrude, vas-tu bien permettre qu'il s'en aille? Que deviendra-t-il à Paris? Ne te rappelles-tu pas que la fille de notre cousine la Boitelle est partie un jour comme lui, et qu'elle n'est pas revenue?

— C'était une fille, ma femme, et les filles, c'est plus susceptible que les garçons.

— Et le Colas au père Joseph, est-ce qu'il n'est pas mort de maladie à la grande ville?

— Si fait, la femme, mais il faut avoir confiance dans la bonté divine : notre garçon reviendra bientôt.

— Oui, maman, je reviendrai, je t'assure, si bien attifé que tu ne me reconnaîtras même plus! On dira dans la vallée : « Qui donc c'est ce « beau p'tit homme » si coquet, avec un grand chapeau aussi haut que le clocher de l'église et un habit dont les queues lui balayent les talons? » Et moi, frérot, tout comme un vrai monsieur, je traverserai la place en me dandinant, avec un joli bâton à la main, et traînant dans la poussière mes souliers si brillants que nos poules et nos canards viendront s'y mirer comme dans une glace. Pas vrai, maman, que ce sera gentil?

— Oui, mon p'tit homme, ce sera gentil quand tu seras revenu, mais c'est bien triste au moment où tu pars ! »

Tout ce que Gertrude a pu obtenir, c'est que l'enfant fît le voyage avec un vieil habitant de Martigny qui allait à Paris pour affaires de succession. C'était un voisin, un ami, et pendant les deux jours qu'il devait passer à la ville, il installerait l'enfant chez des pays qui logeaient dans un quartier populeux.

Ce fut la première déception de Jacquot, qui comptait s'en aller tout seul et faire le « p'tit homme » dans les troisièmes classes du chemin de fer! Il fallut bien obéir à la volonté de ses parents, qui ne l'auraient pas laissé partir sans cela.

Le trajet est long en troisième, dans les trains omnibus qui s'arrêtent à toutes les stations, long et fatigant; mais l'enfant s'endormait, allongé sur les genoux de ses voisins, qui le trouvaient gentil, et quand il s'éveillait, bien reposé, il se retrouvait gaillard et dispos, mourant de faim, aiguillonné par la curiosité et l'impatience, questionnant sans cesse, ne s'étonnant de rien et riant de tout.

« Dites donc, monsieur, demandait-il à un grand jeune homme pâle qui était assis à son côté, est-ce que vous êtes de Paris, vous?

— Non, mon petit ami, je suis de Lyon (et il prononçait Li-yon).

— Ah! et qu'est-ce qu'on fait à Lyon?

— Je ne sais pas; moi, je suis dans la soierie.

— Est-ce que vous êtes tous pâles comme ça dans la soierie? Alors, ce n'est pas un métier pour moi, parce qu'il faut que je rapporte chez nous mes belles couleurs que maman aime tant. Et ce gros monsieur si rougeaud en face de nous, qu'est-ce qu'il fait?

— Je ne sais pas. Demande-le-lui toi-même.

— Est-ce que vous êtes de Paris, monsieur? reprenait Jacquot sans se déconcerter.

— Non, mon garçon, je suis de Beaune, le pays du bon vin!

— Oui-da; c'est le bon vin alors qui vous allume les joues comme une chandelle?

— Tu l'as dit, garçon, c'est le bon vin!

— Alors, ce n'est pas mon affaire non plus, puisque je ne bois que de l'eau. Et cette dame qui est là-bas dans le coin avec un enfant dans les bras; est-ce qu'elle est de Paris?

— Non, mon petit, répondit la voyageuse en souriant; j'habite Montereau.

— Montereau, connais pas!

— Tu ne connais pas Montereau et son

beau pont de pierre, que l'assassinat de Jean sans Peur a rendu célèbre?

— On a assassiné Jean! s'écria Jacquot.

— Mais oui; Jean sans Peur.

— Et il n'avait pas peur quand on l'a assassiné? Eh bien! ça lui apprendra à être plus prudent une autre fois!

— Quel drôle de gamin! reprenaient tous les voyageurs, qui s'amusaient de ses reparties et de sa gaieté.

— Il ne reste plus que cette jeune fille qui a l'air si triste, et qui dort depuis la dernière station, à laquelle je n'ai pas demandé si elle est de Paris.

— Tu es trop curieux, gamin!

— On n'est jamais trop curieux quand on cherche à s'instruire! Moi, je n'ai rien appris; je ne sais ni lire ni écrire; il faut bien que je profite des leçons qu'on a données aux autres.

— Tu es un drôle de « p'tit homme », c'est moi qui te le dis, s'écria en riant le Bourguignon qui avait le teint fleuri, et tu iras loin, j'en suis certain!

— Pas plus loin que Paris, n'est-ce pas, monsieur, et mêmement, comme je ne le connais pas, vous aurez la bonté de me prévenir quand nous serons arrivés. »

II

La seconde déception de Jacquot l'attendait à Paris. Son vieux compagnon le conduisit dans une horrible rue étroite et sale, encombrée et puante; il le fit entrer dans une maison noire, au seuil de laquelle, comme une échelle appuyée au mur, se dressait un escalier interminable, dont les marches tombaient en ruine, et dont la rampe graisseuse était à peine soutenue par des barres de fer tordues et rouillées.

Le grenier dans lequel on logea le vieillard et l'enfant était obscur; des poutres surchargées de lattes humides le traversaient en tout sens, et dans un coin des vieilles paillasses crevées, du ventre desquelles sortaient des longues brindilles de foin, étaient le lit qu'offrait leur hôte aux voyageurs dont la bourse était légère.

« Et maintenant, que comptes-tu faire? demanda le voisin de Gertrude à son protégé, lorsqu'ils se réveillèrent le lendemain matin.

— Ma foi, père Lenoir, répondit Jacquot en se secouant comme une poule réveillée par les hurlements d'un loup, je compte tout d'abord faire connaissance avec la grande ville qui va m'enrichir.

— Tu crois donc de bonne foi que tu deviendras riche ici?

— Mais oui, père Lenoir; sans cela j'aurais continué à vivre avec les vieux, à profiter de leur travail, à les aider un brin, et je ne me serais pas privé des caresses de ma bonne mère!

— Alors, mon petit, si cela t'amuse, viens

Son vieux compagnon le conduisit dans une horrible rue.

avec moi : nous ferons ensemble visite au notaire de M. Lenoir, ce pauvre cousin qui s'est laissé mourir sans enfant, ce qui fait que j'hérite de tout son bien, moi qui ne l'ai jamais vu.

— Et de combien d'écus héritez-vous, père Lenoir?

— Ma fine! je n'en sais rien ; tu l'apprendras en même temps que moi. »

La somme était grosse, vraiment : soixante mille francs, tout rond! Trois mille francs à dépenser par an, deux cent cinquante francs par mois, plus de huit francs à manger dans un seul jour!

Pendant quarante-huit heures, la vie fut belle pour Jacquot! Le père Lenoir oublia sa parcimonie habituelle, et une soixantaine de francs au moins s'échappèrent du gros sac de toile que lui avait remis Me Ledru.

L'enfant visita les Champs-Élysées, où le beau monde se promenait en brillants équipages, au milieu d'une cohue de bonnes et d'enfants piétinant sur les trottoirs; il visita les quais envahis par les bouquinistes, les boulevards encombrés de tables et de chaises, les places, les avenues, où la foule était si compacte qu'on avait peine à avancer. Il parcourut encore les Tuileries, le Luxembourg, les squares; il s'arrêtait devant les monuments publics, demandant leurs noms et s'en faisant expliquer le but et l'utilité par les passants, qu'il abordait poliment, sa casquette à la main. Quand le vieux Lenoir lui fit ses adieux à la gare de Lyon, le troisième jour après leur arrivée, Jacquot connaissait « son Paris » sur le bout du doigt.

« Cela me peine de te quitter, petit, lui dit le vieillard; je t'aime de tout mon cœur; ta drôlerie me réjouit, ta jeunesse me rajeunit. Il le faut, cependant, à moins que tu ne veuilles t'en retourner avec moi, et dans ce cas-là je te payerai volontiers le voyage.

— Ah! merci! non! papa Lenoir, je suis

venu à Paris pour travailler, je vais me mettre tout de suite à l'ouvrage.

— Mais que vas-tu faire? tu as donc une idée?

— Ma foi, monsieur Lenoir, je n'en ai qu'une : rapporter beaucoup d'argent à Martigny.

— Prends garde à toi, pauvre petit oiseau, dans ce pays où il y a tant de serpents et de renards!

— Bah! bah! n'ayez peur; les serpents rampent, les renards courent, mais les oiseaux volent!

— Adieu donc, petit, et bonne chance, reprit le bonhomme en embrassant son compagnon; accepte ce petit souvenir d'un ami qui part, et envoie de tes nouvelles au pays. Notre vieux logeur du faubourg écrira volontiers tes lettres.

— Merci bien, monsieur Lenoir! vous êtes bon, je ne vous oublierai pas. Vous serez toujours dans mes prières à côté du père, de la mère et des frères et sœurs. Donnez-leur bien le bonjour à tous, et dites au père que j'ai déjà vu, dans une belle rue, le gilet à ramages que je lui rapporterai. »

Et Jacquot se trouva vraiment seul à Paris !

C'est alors qu'il songea à ouvrir le petit papier que lui avait remis M. Lenoir. Il y trouva deux belles pièces d'or, pareilles à celles que, trois fois en deux jours, il avait vu changer par l'héritier de M. Lenoir à Paris. Deux pièces d'or ! une fortune ! Il se promit bien de n'y pas toucher tant que durerait son petit magot, soit une quinzaine de francs qui lui restaient, son voyage une fois payé, ainsi qu'une semaine d'avance à son garni.

Il employa sa première journée, car il était grand matin, à parcourir de nouveau Paris, « mon Paris », comme il disait, et il fit une observation qui lui parut intéressante pour la réussite de ses projets.

Jacquot remarqua que le public du matin

ne ressemblait nullement au public de l'après-midi. Le long des boulevards, depuis la Bastille jusqu'à la Madeleine, il rencontra surtout des ouvrières avec des cartons, des garçons de magasin chargés de paquets, des bonnes en tablier blanc, un panier au bras; des petites voitures poussées par des vieilles femmes en cornette, vendant les légumes et les fruits de la saison; des jeunes filles assises au coin des grandes rues, devant un léger établi, séparant les bottes de roses, et tournant prestement le fil blanc autour de leurs petits bouquets; des balayeurs armés d'énormes balais, nettoyant les ruisseaux et éclaboussant les trottoirs: partout l'animation, le travail, la vie. Mais plus de beaux messieurs gantés de gris-perle, chaussés des fameux souliers vernis que rêvait notre héros; plus de dames en grande toilette avec des ombrelles rouges comme les parapluies des fermières de la Suisse; plus de nourrices aux longs rubans flottants; plus de bébés roses et blancs, les jambes et les bras nus; plus de voitures découvertes; plus de valets poudrés majestueusement, assis sur les sièges à gros glands; plus de cavaliers élégants galopant sur des chevaux de race. Le Paris mondain, le Paris brillant, le Paris oisif avait fait place au Paris travailleur.

« Il paraît qu'ici on gagne le matin l'argent qu'on dépense le tantôt, se dit Jacquot: c'est bon; mais moi qui n'ai pas de temps à perdre, je tâcherai d'en gagner toute la journée. »

Gagner de l'argent! voilà son rêve; mais quels moyens avait-il pour le réaliser?

Il commença le soir, en rentrant, par glisser dans sa ceinture de cuir les deux pièces d'or du père Lenoir; puis, ayant soupé des provisions que le brave homme lui avait laissées, il s'endormit tout d'un somme jusqu'au lendemain matin

Son réveil fut triste! Personne à qui dire bonjour, personne à embrasser, personne pour faire la causette! De grosses larmes montèrent aux yeux du petit abandonné, qui murmura cependant :

« Bonjour, maman! Bonjour, Notre-Seigneur! Protégez-moi toute la journée! »

Et, plongeant sa tête dans le baquet d'eau claire que le logeur lui montait chaque jour, il se débarbouilla avec soin, frotta ses mains l'une contre l'autre, et, sans l'aide d'aucun savon, il se trouva tout propre, les cheveux collés aux tempes, le teint frais, le regard vif, la mine éveillée et le cœur content.

« Salut, madame et la compagnie, dit-il à une grosse femme qui se tenait dans la salle du rez-de-chaussée.

— Tiens! c'est toi, petit, reprit la logeuse, as-tu bien dormi?

— Couci-couça, madame; votre paillasse ne vaut pas mon petit lit de fougère! Mais bah! on se fait à tout dans ce monde!

— C'est vrai, il n'y a qu'une paillasse là-haut. Eh bien! j'y joindrai un méchant matelas qui ne nous sert pas dans ce moment, pour la peine que tu ne t'es pas plaint de ton coucher.

— Je vous remercie bien; je regrette seulement que le vieux père Lenoir n'ait pas profité du matelas avant moi.

— C'est bien de respecter les vieux, Jacquot!

— Je les respecte, reprit doucement le p'tit homme, parce que j'espère que les autres enfants respecteront mes vieux parents. »

III

Jacquot se dirigea en courant vers le boulevard Poissonnière. Arrivé au coin du faubourg, il ralentit le pas et attendit. Une gentille bouquetière, qui préparait son étalage en causant avec la marchande de journaux, remarqua bientôt ce petit garçon, dont la mine futée, l'œil aux aguets et la physionomie éveillée faisaient oublier la laideur.

Car Jacquot était laid, ce qui s'appelle laid : un gros nez épaté, des petits yeux tout ronds, un front bombé, une bouche énorme et une peau mouchetée de taches de rousseur. Par exemple, son nez, sa bouche, ses yeux, tout riait en lui : il avait l'air content; il respirait à pleins poumons; il s'épanouissait sur les boulevards, comme si les boulevards lui avaient appartenu.

« Qu'est-ce que tu attends donc là, mon petit ami? lui demanda la gentille fleuriste.

— J'attends qu'il tombe de l'argent pour le ramasser, mam'selle!

— Alors tu attendras longtemps, reprit la jeune fille en riant.

— Je suis patient, et puis je ne suis pas pressé.

— Alors, si tu n'es pas pressé, veux-tu me rendre un petit service?

— Très volontiers, mam'selle.

— Veux-tu courir jusqu'au numéro 5 du faubourg Montmartre, monter au deuxième, sonner à gauche, et dire à la bonne qui t'ouvrira : « Mlle Giselle enverra le bouquet à « quatre heures?... »

— C'est tout?

— Oui, n'oublie pas : Mlle Giselle...

— Enverra le bouquet à quatre heures! ajouta l'enfant, qui prit ses jambes à son cou dans la direction de la Bastille.

— Eh! petit! Eh! là-bas!... cria la fleuriste, qui désespérait de se faire entendre, quand elle vit Jacquot s'arrêter soudain et revenir sur ses pas.

— Pardon, mam'selle, dit-il en arrivant tout essoufflé, mais j'ai oublié de vous demander où se trouvait le faubourg Montmartre?

— Mais là, de ce côté, la seconde rue, petit bêta; tu ne connais donc pas Paris?

— Moi, par exemple! le faubourg Montmartre! je ne connais que ça! puisque c'est là que j'ai vu le gilet à ramages que je rapporterai à papa. »

Cette fois le petit commissionnaire ne se trompa pas, et lorsqu'il reparut, tout rouge, les yeux brillants et le front humide, la jolie bouquetière le gronda de s'être tant hâté.

« Mam'selle, voilà quatre sous que la bonne m'a donnés pour la commission.

— Eh bien, garde-les.

— Pourquoi donc? l'argent est à vous, puisque c'est votre commission.

— Comment! ma commission... mais c'est toi qui l'as faite, mon garçon, et l'argent est pour ta peine.

— Tiens! tiens! tiens! quand on se promène dans les belles rues, on reçoit de l'argent pour sa peine! Quelle drôle de vie que Paris! A Martigny, quand Mme Gervais me criait : « Eh! Jacquot, cours donc à la forge « pour prévenir Gervais que la soupe est ser- « vie! » elle ne me donnait rien pour ça; et quand la Tontaine me faisait porter sa hottée de pommes de terre, elle me bougonnait tout le temps, quand elle ne me flanquait pas une torgnole!

— Tu vois bien qu'elle te donnait quelque chose, répondit en riant Mlle Giselle. A chacun sa manière!

— Alors j'aime mieux les manières de Paris, et quand vous aurez des courses à faire, mam'selle, me voici tout à votre service; ne l'oubliez pas.

— Ça peut se trouver, mon garçon; le quartier est bon, le tout est de plaire aux clients; mais quand une fois on passe à l'état d'habitude, le reste va tout seul. Ne t'éloigne pas : je te prends sous ma protection. »

S'éloigner! il n'y avait pas de danger!

Jacquot a remarqué, les jours précédents, que, sur le coup de huit heures, une quantité d'hommes, de femmes et d'enfants se groupent devant la porte d'un restaurant à la mode, et que des garçons en souliers vernis, ayant du linge bien blanc et des petites vestes rondes comme la sienne leur remettaient à chacun un grand bol dont le contenu répand, dans une légère vapeur, les plus délicieux parfums!

Il s'est bien promis de venir déjeuner là lorsque le père Lenoir sera parti, emportant dans son sac de toile le bel héritage du cousin de Paris.

Le voilà donc, se faufilant dans les rangs, grâce à sa petite taille, poussant l'un, bousculant l'autre, plaisantant quand on se fâche, toujours poli, mais ne s'écartant jamais de son but, et jouant des coudes aussi facilement que de la langue, pour gagner une petite avance dans la foule compacte qui attend la distribution de la soupe.

Son tour arrive enfin : un grand garçon aux favoris noirs taillés en côtelettes lui tend une soupière dont le fumet lui fait venir l'eau à la bouche, la faim et la gourmandise aidant. Il s'empare de son bien et se dirige vers l'établi de Mlle Giselle, qui semble inquiète, regarde à droite et à gauche, frappe du pied et murmure à mi-voix :

« Voyez un peu si elle viendra ! Je ne puis pourtant pas abandonner mes fleurs et ma boutique à la grâce de Dieu !

— Voulez-vous que je garde vos bouquets,

mam'selle Giselle? Ce sera avec plaisir pour vous obliger.

Un grand garçon aux favoris noirs lui tend une soupière.

— Tu ne bougeras pas de là, au moins, et s'il vient des clients, tu les prieras de repasser.

— Soyez tranquille ; vous me retrouverez

à la même place avec ma soupe ; seulement je ne vous promets pas qu'elle soit encore dans l'écuelle !

— Bon appétit ! Je cours chercher mon café, que la voisine ne m'apporte pas. »

Et elle s'enfuit, légère et rieuse, tandis que Jacquot savoure gravement, avec des petits soupirs, des reniflements et des extases, l'ordinaire de la maison Brébant.

« Où donc est Giselle, mon petit ami ? »

Jacquot, tiré brusquement de la béatitude qui suit un repas délectable, relève la tête et se trouve en présence d'une jeune femme vêtue de noir, tenant par la main un petit garçon qui paraissait triste et indifférent.

« Mam'selle Giselle ? c'est moi, madame.

— Vous, vraiment ! vous êtes bien changée depuis hier !

— Voilà comme je suis quand je n'ai pas encore étrenné, madame ; par exemple, si vous m'achetez mes belles roses, vous me reverrez ma figure de tous les jours !

— Je serais curieuse de constater ce phénomène, reprit la dame, qui s'amusait de l'aplomb du p'tit homme : combien vos roses?

— Dix francs, madame la baronne. »

La visiteuse se retourne. Cette fois, c'est Giselle qui lui a répondu.

« Eh bien ! madame, avais-je raison? s'écrie Jacquot.

« Mam'selle Giselle, j'ai vendu votre premier bouquet.

— Quel drôle de gamin ! Est-ce votre frère, Giselle?

— Non, madame la baronne, je le vois aujourd'hui pour la première fois ; il est gai, actif, intelligent, et je l'avais chargé de surveiller mes fleurs pendant que j'allais déjeuner.

— C'est un enfant intéressant, murmure la baronne en soupirant. Giselle, vous le chargerez d'apporter à l'hôtel les roses qu'il m'a vendues.

— Oui, madame la baronne. »

Voilà comment la Providence, prenant les traits d'une fillette rieuse, décida tout d'un coup de la vocation de maître Jacquot.

IV

« Oui, mam'selle, c'est décidé, je ne vous quitterai plus, je serai votre commissionnaire, à vous seule ; je porterai vos bouquets et je garderai votre établi pendant que vous irez faire vos achats.

— Non, mon ami, tu ne gagnerais pas assez, parce que je n'envoie pas souvent mes bouquets en ville ; mais, sans te consacrer à mon service, reste sur notre boulevard; tu t'en trouveras bien; je te recommanderai à mes clients. A l'heure du déjeuner ou, le soir, au moment du dîner, nous trouverons bien de quoi fatiguer tes petites jambes !

— Les fatiguer ! reprit Jacquot ; vous ne savez pas ce qu'elles valent. Elles ne sont si courtes que parce qu'elles sont trop bonnes ! Quand la marchandise est de premier choix, elle coûte cher, et on la ménage !

— Farceur, va !

— Je ne vous offense pas, mam'selle, en plaisantant avec vous ?

— Au contraire, mon ami, et ta gaieté plaira aux bourgeois autant qu'à moi, j'en suis certaine. Les riches sont bons, vois-tu, ils sont généreux, ils aiment à secourir les malheureux ; mais les airs tristes, les larmes, les soupirs, les ennuient ! Tu as besoin de travailler ; donc tu es pauvre ?

— Oh ! non, mam'selle, ce n'est pas pauvreté ; les vieux travaillent au pays, ils ne sont pas dans la misère.

— Alors, pourquoi fais-tu des commissions ?

— Ah ! je vais vous dire, c'est pour doter mes sœurs !

— Doter tes sœurs ! Ah ! ah ! ah ! et com-

Giselle.

bien as-tu de sœurs, monsieur le millionnaire ?

— J'en ai trois, répondit Jacquot, que les éclats de rire de la bouquetière interloquaient un peu.

— Trois ! rien que trois ! Ah ! ah ! ah !

— Mais il en viendra peut-être des autres !

— Des autres ! Ah ! ah ! ah ! et combien leur donneras-tu à chacune ? Cent mille francs ?

— Oh ! non, mam'selle ! Pas tant que ça ! Je voudrais leur donner trois cents francs.

— Eh bien ! mon p'tit homme, reprit sérieusement Mlle Giselle, cela te sera presque aussi difficile de gagner trois cents francs pour chacune de tes sœurs que de gagner trois cent mille francs !

— Pourquoi donc cela ? J'ai déjà quatre sous, et je cours chez votre baronne qui a l'air si triste : elle me donnera bien quatre sous encore ?

— Ah ! tu auras davantage ; c'est une bonne dame. Elle demeure 140, rue de Rivoli. Voici les roses, prends-en soin et dépêche-toi. »

Jacquot avait l'air soucieux, il tournait et retournait le bouquet avec embarras.

« Est-ce que vous voudriez bien me rappeler où elle est, la rue de Rivoli ? Il y a tant de rues dans Paris que je les confonds un peu. A Martigny, il n'y en a qu'une ; c'est plus facile à se rappeler.

— C'est cette belle rue avec des arcades, là-bas, auprès du jardin des Tuileries ; il faut prendre par...

— C'est bon, c'est bon ! la moitié de cela me suffit ! La rue de Rivoli ! je ne connais que ça ! puisque c'est là que j'ai vu la belle poupée que je rapporterai à Jeannette ! »

Le petit commissionnaire était de retour avant dix heures.

Il n'avait pas trouvé la baronne, mais un grand monsieur qui se promenait dans la cour de l'hôtel en culottes courtes, avec un habit et des boutons d'or, et qui lui avait donné vingt sous ! un franc !

« Un franc ! qu'en dites-vous, mam'selle ? Vous voyez bien que ça tombe, puisque depuis ce matin j'ai déjà ramassé vingt-quatre sous ! »

Un jeune élégant, qui achetait chaque matin une fleur à Giselle, envoya l'enfant rue Vivienne ; un autre le chargea d'une lettre pour son agent de change ; un troisième lui fit tenir son cheval, pendant qu'il entrait chez Brébant prendre un verre de madère.

Pour chacun, Jacquot avait un mot drôle, un gentil remerciément, un long sourire qui découvrait ses petites dents blanches et pointues comme les dents d'un chien, et chacun lui donnait une piécette d'argent avec une petite tape sur la joue, en répétant :

« Il est comique, ce p'tit homme ! »

La matinée avait été bonne : Jacquot avait gagné quatre francs ! Il sautait de joie au milieu du boulevard, en embrassant son aimable protectrice, qui se réjouissait autant que lui de cet heureux début.

« Tu peux te reposer maintenant, lui dit-elle enfin. Jusqu'à cinq heures tu n'as pas chance d'être occupé. Veux-tu faire un somme sur ma chaise?

— Par exemple! dormir dans le jour à Paris! Non, non! puisque j'ai le temps de flâner, je vais faire un tour aux Champs-Élysées.

— Mais voyez donc le joli monsieur qui va se promener aux Champs-Élysées! et pourquoi pas au Bois, pendant que tu y es? Fleurissez-vous, mon gentilhomme, fleurissez-vous! » Et la jeune fille attachait en riant une petite rose pompon à la boutonnière de Jacquot.

L'enfant marcha longtemps. Il parcourut la belle avenue, depuis la place de la Concorde jusqu'à l'Arc de triomphe, regardant à droite, à gauche, examinant les promeneurs, admirant les équipages, se mêlant aux groupes des curieux arrêtés devant les petites boutiques, traversant dix fois la chaussée pour explorer les quinconces, les jardins et les cafés.

Quand il reparut sur le boulevard, à cinq heures précises, la jeune fleuriste l'accueillit comme un ami qui revient après un long voyage.

« Eh bien! qu'est-ce que tu as fait d'intéressant aux Champs-Élysées?

— J'ai beaucoup regardé, et j'ai fait mes remarques!

— Et qu'as-tu remarqué?

— J'ai remarqué qu'il y a tant de chevaux que les accidents doivent être fréquents; qu'il y a tant d'enfants, que les bonnes causent entre elles et s'en occupent fort peu; qu'il y a tant de fumeurs, qu'un jour ou l'autre ils mettront le feu, en jetant à terre des allumettes enflammées, et j'ai remarqué qu'au milieu de tant de monde il doit se faufiler bien des voleurs.

— Et tu en as conclu?

— J'en ai conclu que celui qui se trouverait là juste à point pour arrêter un cheval emporté, pour repêcher un enfant tombé dans un bassin, pour éteindre les flammes qui envelopperaient une belle dame ou pour prendre un filou la main dans la poche de son voisin, celui-là aurait chance de faire une bonne journée.

— Mazette ! tu as de l'imagination.

— Oui, mam'selle ; c'est justement pour cela que je suis venu à Paris. »

La soirée fut moins profitable au petit commissionnaire que ne l'avait été la matinée ; mais il était content tout de même, n'ayant pas perdu son temps, disait-il, par suite d'une rencontre qu'il avait faite.

Il s'était trouvé arrêté, au coin d'une rue que barrait une file de voitures, auprès d'un jeune homme d'une quinzaine d'années qui portait un paquet ficelé.

Dans la cohue, le paquet lui était tombé des mains ; il l'avait rattrapé maladroitement, la ficelle s'était cassée, et deux admirables paires de souliers vernis avaient roulé dans le ruisseau.

Se précipiter, se baisser, ramasser les souliers, tout cela fut l'affaire d'une seconde pour Jacquot, qui exprimait tout haut son admiration et son désir de posséder d'aussi belles chaussures, sans se soucier de la galerie, qui riait aux éclats.

« Il faut en acheter chez le patron, repartit l'ouvrier.

— C'est trop cher pour moi ; et puis, je n'en ai pas besoin pour l'instant. Je les voudrais avoir quand je retournerai au pays.

— Venez nous voir, le patron vous arrangera. Je lui parlerai de vous. Quel est votre état ?

— Commissionnaire au boulevard Poissonnière.

— Comme ça se trouve ! le patron vous donnera des courses à faire, des paquets à porter, et, au lieu de vous payer en argent, il vous donnera des souliers.

— Topez là, ça me va, » répondit Jacquot, qui comprenait que ses chaussures s'useraient vite à courir toute la journée de la rue Laffitte, où il avait vu la montre qu'il rapporterait à Rose, ou du faubourg Saint-Germain, où il avait vu l'habit bleu qu'il rapporterait à son frère, au boulevard des Italiens, où il avait vu, dans la vitrine d'un changeur, les beaux écus tout neufs qu'il rapporterait à sa mère.

V

« Quel beau métier que celui de commissionnaire ! » s'écriait Jacquot, lorsque chaque soir, tout en aidant Giselle à déménager sa boutique ambulante, il lui remettait les sous et les piécettes blanches qu'il avait recueillies dans la journée.

La jeune fille lui avait proposé cet arrangement, afin qu'on ne lui dérobât pas ses petites économies dans le garni de mauvaise apparence où il ne passait que les nuits.

« Tu dois être plus prudent que n'importe qui, toi qui as remarqué qu'il y a tant de voleurs à Paris, ajouta-t-elle en riant aux éclats, car Giselle était aussi gaie et aussi vive que Jacquot.

— Je ne comprends pas qu'il y ait des voleurs, reprenait le petit commissionnaire, quand il est si facile de travailler et de gagner beaucoup d'argent !

— Les commencements ont été faciles pour toi, mon petit ami, mais ils ne le sont pas autant pour tout le monde. Ensuite, tu es seul, tu vis de peu, tu te loges pour presque rien, et jusqu'ici tes habits n'ont pas besoin d'être remplacés. Mais quand un commissionnaire gagne dix francs par jour, ce qui est joli, n'est-ce pas, et qu'avec cela il doit payer son loyer, nourrir, vêtir, chauffer, entretenir une femme et deux ou trois enfants, crois-tu qu'il s'écrie comme toi : « Quel beau métier que celui de com- « missionnaire ? »

— Ma fine ! je n'avais pas pensé à tout cela, mam'selle, parce que, voyez-vous, j'ai encore le temps de courir avant d'avoir un loyer, une femme et deux ou trois enfants! »

Lorsque le p'tit homme avait un moment de liberté, il courait aux Champs-Élysées, qui, décidément, l'attiraient comme l'aimant attire le fer.

Ce jour-là, il y avait près d'un mois qu'il était arrivé à Paris, il se promenait, selon son habitude, sur le trottoir encombré de badauds et se dirigeait vers le théâtre de Guignol, pour lequel il avait, il faut bien l'avouer, un faible tout particulier, quand il entendit des cris déchirants poussés par une femme qu'il ne pouvait pas apercevoir.

« Allons, bon! un accident! » se dit-il; et, s'élançant à travers la foule, que la curiosité rendait plus compacte encore, il arriva bientôt sur la chaussée, où les voitures se croisaient dans une course vertigineuse.

« Là, là! criait une femme, une gouvernante sans doute, c'est là qu'il a disparu!... »

Profitant de sa petite taille, qui lui permettait de passer entre les jambes des chevaux et presque entre les roues des voitures, Jacquot s'élança dans la mêlée, puis soudain il reparut tenant dans ses bras un petit garçon évanoui et qui semblait mort, tant il était pâle.

La gouvernante pérorait toujours, entourée d'une cinquantaine de personnes qui se bousculaient pour l'entendre :

« Mon Dieu, monsieur, c'est bien simple: il a voulu à toute force traverser; moi je ne voulais pas, parce que le beau monde est de ce côté-ci. Alors, il s'est élancé; j'ai essayé de le suivre; mais que voulez-vous! on ne peut cependant pas se faire écraser pour le bon plaisir d'un pauvre innocent! car c'est un innocent! Oui, madame; quel malheur! croyez-vous! Un innocent, aussi vrai que je suis une honnête femme. Et sa mère, qu'est-ce qu'elle va dire! Ah! je m'en doute; les maîtres sont tous les mêmes! Elle croira que c'est ma faute! que je n'ai pas pris soin de M. Léo! Mon Dieu, mon Dieu! quelle affaire!

Pendant tous ces bavardages, Jacquot et l'enfant évanoui faisaient le centre d'un autre groupe; un médecin, qui se trouvait là par hasard, donnait des soins au petit garçon, qui n'était pas blessé, mais qui avait dû per-

Jacquot s'élança dans la mêlée.

dre connaissance en se sentant frôlé par le sabot d'un cheval. Il avait encore les yeux ouverts lorsque Jacquot l'avait saisi et emporté dans ses bras, comme un ange gardien, au milieu des chevaux qui se cabraient sous le fouet des cochers épouvantés.

L'enfant ne revenait pas à lui; le docteur

lui avait déjà fait respirer des sels et lui avait fait avaler, en écartant les dents avec une lame d'acier, une cuillerée d'un cordial qu'il portait toujours sur lui en cas d'accident.

« L'évanouissement se prolonge, dit-il enfin à Jacquot, il faudrait reconduire ce petit chez ses parents. Où demeure-t-il? Qui est-il? Avec qui était-il?

— Ma fine! monsieur le docteur, je n'en sais rien; mais je pense que cette femme qui pousse des soupirs là-bas vous renseignera mieux que moi. M'est avis qu'elle ne sera pas fâchée de trouver à qui parler, car elle me paraît avoir la langue bien pendue! Je vais tâcher de trouver une bonne voiture; pendant ce temps-là, demandez à la pie borgne l'adresse du petit pâlot, et puis, fouette cocher!

— Tu as raison, mon ami. Hâte-toi de ramener une voiture, découverte, si c'est possible. »

Jacquot revint presque aussitôt et fut très

étonné de trouver le docteur seul auprès de l'enfant, toujours immobile.

« Me voilà, monsieur le docteur.

— Aide-moi à porter le petit dans la voiture; sa gouvernante est partie en avant dans le coupé qui les attendait; elle va prévenir la mère tout doucement. Cette dame est malade, à ce qu'il paraît, il lui faut de grands ménagements.

— Voilà l'enfant bien étalé sur les coussins; monsieur le docteur, avez-vous encore besoin de moi?

— Mais certainement, mon garçon, quand ce ne serait que pour te présenter à la mère de ce pauvre petit, qui te doit bien positivement la vie.

— S'il me doit la vie, qu'il me la rende quand je serai mort, ça me fera plaisir; mais pour le moment, qu'il ne me mette pas en retard. Il est quatre heures, et il faut que je sois à cinq heures au boulevard Poissonnière.

— Tu y seras un peu plus tard, mais il est indispensable que tu viennes avec moi.

— Alors, monsieur, si c'est indispensable, je me décide, quoique les choses indispensables soient celles dont nous nous passons le plus souvent, nous autres!

— Tu es philosophe, mon ami, répondit le docteur, qui subissait aussi le charme du p'tit homme.

— Peut-être bien, monsieur le docteur, mais je ne sais pas ce que cela veut dire.

— Tu n'es pas bête, mon petit ami. De plus, tu es courageux et bon, je t'en fais mon compliment.

— On est comme on est, monsieur le docteur, et on n'a pas grand mérite à cela! Le bon Dieu nous fait comme il veut; moi je suis laid, et ce petit-là est beau; il est faible, et je suis fort; mais il est riche, et moi je suis pauvre.

— Sais-tu lire, mon garçon?

— Ma fine, non, monsieur, et c'est mon

grand chagrin; il faut que des étrangers écrivent chaque semaine à mes parents depuis que je suis à Paris. Que voulez-vous? les vieux ne m'ont rien appris; je ne sais que les aimer! »

La voiture roulait depuis un quart d'heure environ. Jacquot rêvait; mais ayant par hasard jeté les yeux autour de lui, il poussa une exclamation de surprise.

« Qu'y a-t-il donc, mon petit ami?

— Nous sommes donc rue de Rivoli?

— Mais oui. D'où vient cet étonnement?

— C'est que je connais le petit; c'est le fils d'une baronne qui demeure au numéro 140 dans cette belle rue.

— En effet.

— Cela m'est revenu tout d'un coup en passant devant la boutique où j'ai remarqué la poupée garnie de dentelle d'or que je rapporterai à ma petite sœur! »

VI

La baronne s'était précipitée au-devant de son fils : elle était aussi pâle que lui. Le docteur portait l'enfant avec précaution et traversait les vestibules, les galeries, les boudoirs et les salons, suivi de Jacquot, qui n'osait pas poser ses pieds à terre, tant les parquets étaient luisants.

« Si seulement j'avais mes souliers vernis ! » pensait-il.

Le petit Léo était étendu sur une chaise longue, dans la chambre de sa mère ; la baronne, à genoux devant lui, tenait une de ses mains, qu'elle couvrait de baisers, et le docteur, de l'autre côté du malade, attendait que se produisît l'effet des applications de moutarde.

Jacquot, droit comme un I dans l'angle de la vaste chambre, tâchait de se faire oublier.

« Votre fils revient à lui, madame, murmura le docteur. La commotion a été si violente que peut-être aura-t-il quelque peine à rassembler ses idées. Ne vous effrayez pas, je vous en prie, de l'incohérence de ses paroles.

— Hélas ! docteur, j'y suis habituée, repartit la baronne : mon pauvre enfant, à huit ans, n'a guère plus d'intelligence qu'un bébé de deux ans, et son apparence n'est certes pas celle d'un garçon de son âge.

— A la suite de quelle maladie a-t-il perdu ses facultés ?

— Ce n'est pas après une maladie, docteur, mais après une chute terrible qu'il fit, il y a six ans, en se précipitant par une fenêtre de toute la hauteur d'un premier étage.

— Dans ce cas, madame, vous pouvez encore conserver quelque espoir, et peut-être un jour... »

Léo avait ouvert les yeux; il les promenait ave ccuriosité sur les tentures, sur les meubles, sur sa mère, sur le docteur.

« Où est le petit garçon? demanda-t-il d'une voix très nette et très claire.

— Quel petit garçon, mon amour? lui répondit la baronne, qui pressentait le délire dans cette question bizarre.

— Celui qui m'a pris dans ses bras.

— Quand donc, mon chéri?

— Aux Champs-Élysées, quand je suis tombé sous les pieds des chevaux.

— Que veut-il dire, docteur?

— La vérité, madame la baronne. Il était tombé au milieu de la chaussée, sous les roues des voitures et sous les sabots des chevaux. C'en était fait de lui, quand un jeune garçon, un enfant aussi, mais vigoureux et dévoué, l'a arraché à une mort certaine.

— Et cet enfant, docteur, ce brave garçon, où est-il ?

— Là, là, maman! derrière les rideaux! il se cache!

— Approche, mon garçon, lui dit le docteur; viens serrer la main à celui qui sans toi n'aurait jamais revu sa mère. »

Jacquot s'approchait en tremblant; lui si hardi, il se sentait troublé par la douleur de la jeune mère, par l'égarement du petit malade, et aussi par toutes les pendules qui sonnaient à la fois cinq heures, comme pour le narguer.

« J'ai déjà vu ce garçon, reprit la baronne en considérant attentivement Jacquot, qui sautait d'un pied sur l'autre, regrettant plus que jamais ses souliers vernis!

— Maman, c'est lui qui t'a vendu des roses!

— Oui, oui, le protégé de la gentille Giselle; je me le rappelle. Ah! mon ami, sois béni : sans toi, je perdais mon fils, mon seul

Jacquot s'approchait en tremblant.

bonheur, mon seul espoir, car je n'ai plus que lui en ce monde !

— Madame la baronne... balbutia Jacquot.

— Que ferons-nous jamais pour te récompenser, pour te remercier, veux-je dire? Comprends-tu? Sans toi, j'aurais perdu mon fils, mon Léo! Non, tu es trop jeune, tu ne connais pas encore la douleur! Tu ne me comprends pas! Ah! cher petit! pense donc au désespoir de ta mère si le malheur te frappait un jour!

— Les autres consoleraient la mère, reprend Jacquot, plus fier que jamais de sa nombreuse famille; elle n'a pas qu'un seul petit, la mère!

— Ah! mon enfant! les caresses de tous ne consolent pas de la perte d'un seul! »

Émè de la tristesse de cette femme belle, jeune et riche, dont l'amour est concentré sur la tête d'un enfant chétif, inintelligent et maladif, le docteur rapproche les deux garçons dans une étreinte affectueuse; il joint leurs mains, il entraîne leurs cœurs unis par un sentiment de reconnaissance et de dévouement!

« Vous n'avez pas de frère, monsieur Léo, eh bien ! il faudra aimer Jacquot.

— Je l'aime, répond l'enfant.

— Il viendra vous voir souvent, il jouera avec vous, il vous contera des histoires...

— Non, non, non ! s'écria Léo en pleurant.

— Comment ! vous ne voulez plus le revoir ?

— Je ne veux plus le quitter.

— Comment cela, mon petit ami ? Vous ne savez pas que Jacquot a besoin de travailler, de gagner sa vie ; il n'est pas riche comme vous !

— Je partagerai avec lui !

— Voyons, mon enfant, soyez raisonnable.

— Je l'aime ! répéta l'enfant.

— C'est très vilain d'être entêté, monsieur Léo !

— Je l'aime !...

— Mais enfin vous ne le connaissez pas !

— Je l'aime !... »

Le docteur était vraiment fort embarrassé. Jacquot, assis sur une petite chaise auprès de Léo, lui rendait ses caresses et le berçait doucement, comme une mère qui console son bébé. En réalité, il était bien mal à son aise; car il pressentait le dénouement inévitable de cette scène, et il se disait, tout en souriant à Léo :

« La baronne va me flanquer à la porte, c'est sûr! Il est bientôt six heures; en courant bien fort, je n'arriverai qu'à sept heures au boulevard; j'aurai manqué mes clients; mam'selle Giselle sera inquiète, elle me grondera, et, ce qui me chiffonne le plus, je ne reverrai jamais ce pauvre petit, qui tout de même est bien un peu à moi !

— Tu ne me quitteras plus, dis, Jacquot? répétait Léo à travers ses larmes. Dis, Jacquot, dis donc?... Tu seras là quand les méchants chevaux voudront me tuer, dis, Jacquot? Tu me prendras dans tes bras, dis, Jacquot? Tu m'enlèveras encore au milieu des voitures et tu me rapporteras à maman? Dis, Jacquot, dis... dis !

— Oui, monsieur Léo, j'espère bien que je serai toujours là pour vous rendre service, mais il n'y a plus de danger! Vous ne sortirez plus avec cette grande bavarde qui vous aurait laissé écraser par bêtise.

— Je ne sortirai qu'avec toi, Jacquot!

— Ah! par exemple, monsieur Léo! Voilà une drôle d'idée! Qu'est-ce qu'on dirait en vous voyant si fiérot, avec vos jolies culottes courtes, votre petite veste, votre cravate de satin et vos bottines vernies, à côté d'un petit malheureux mal habillé et chaussé de gros souliers à clous! On rirait!

— On n'a pas regardé comment tu étais vêtu tantôt aux Champs-Élysées! Et on ne riait pas, quand tu as risqué de te faire écraser pour te précipiter à mon secours! »

La baronne avait gardé un silence impénétrable depuis le début de cet entretien, et le docteur, silencieux lui-même, écoutait le bavardage des enfants en observant Léo avec une surprise mêlée d'intérêt.

Le ton, la voix, la physionomie de l'enfant démentaient l'aveu cruel que la douleur avait arraché à sa mère, alors qu'il n'avait pas encore repris connaissance. L'affection étincelait dans son regard fixé sur Jacquot; la logique de ses réponses, la ténacité de son désir, la lucidité de son esprit, annonçaient le réveil de l'intelligence dans ce petit cerveau engourdi jusque-là. Cet innocent, comme disait sa gouvernante, secouait la torpeur qui l'accablait; encore quelques efforts, et son esprit sortirait des ténèbres; et la divine reconnaissance briserait les derniers liens qui garrottaient encore son âme.

« Me pardonnez-vous, madame, murmura le docteur à voix basse, d'avoir fait appel, dans le cœur de votre fils, aux sentiments qui l'exaltent si violemment? Me pardonnez-vous la situation difficile dans laquelle mon imprudence vous met vis-à-vis du sauveur de M. Léo?

— Je ne vous comprends pas, docteur, répondit la baronne, qui, s'étant levée, s'approchait doucement du groupe attendrissant des deux garçons. Que parlez-vous de pardon, d'embarras, d'imprudence, que sais-je? De ma situation vis-à-vis de Jacquot? Ah! je sens bien tout ce que je lui dois, à ce cher garçon! Ne m'a-t-il pas rendu deux fois mon fils en ce beau jour? N'a-t-il pas sauvé et sa vie et son âme?

— Tu ne nous quitteras plus, répétait Léo pour la vingtième fois; tu vivras avec nous; n'est-ce pas, maman?

— Je vais écrire à tes parents, mon cher garçon, répondit la baronne, et je leur demanderai de te laisser auprès de nous.

— Ma fine! je savais bien que les richards de Genève possèdent maison de ville et maison de campagne, murmura Jacquot, dont l'émotion ne paralysait pas la gaieté naturelle, mais moi, je serai encore plus richard qu'eux tous, puisque j'aurai famille de ville et famille de campagne!

« Ce qui m'étonne, ce n'est pas d'avoir un frère de plus, ajouta-t-il en se précipitant dans les bras que lui tendait la baronne, ça peut arriver tous les jours ! Mais je n'avais jamais pensé que le bon Dieu serait assez généreux pour me donner deux mamans ! »

Autour de la grande caisse arrivée de Paris, les vieux et les enfants poussent des cris de surprise et de joie. Jacquot, devenu Jacques, n'a oublié aucune de ses promesses. Il y a bien la poupée pour Jeannette, le tablier de soie pour Claudine, la croix d'or pour Rosette. Il y a aussi la robe à carreaux pour le dernier-né, les souliers vernis pour Pierrot, la montre d'argent pour l'aîné ! Il y a encore l'habit bleu, la culotte jaune et le gilet à fleurs pour le père. Il y a enfin un bel acte signé et paraphé par le notaire de Sion, qui déclare que la petite maisonnette de la vallée appartient désormais à la bonne Gertrude. Jacques a pensé à tout le monde, chacun a son cadeau, et cependant tout au fond de la caisse il reste encore quelque chose : un petit rouleau blanc qu'entoure une faveur. Sur une belle feuille de papier satiné, une main inhabile et tremblante a tracé en gros caractères ces mots, que Gertrude épelle tout en pleurant :

Que le bon Dieu protège les parents d'un heureux p'tit homme !

FIN

SOCIÉTÉ ANONYME D'IMPRIMERIE DE VILLEFRANCHE-DE-ROUERGUE
Jules Bardoux, Directeur.

www.ingramcontent.com/pod-product-compliance
Ingram Content Group UK Ltd.
Pitfield, Milton Keynes, MK11 3LW, UK
UKHW020415230726
13925UKWH00004B/1441